LA MALDICIÓN DEL SILENCIO
CRÓNICAS DE LA CAZADORA

ExLibric

J. G. MORÓN

LA MALDICIÓN DEL SILENCIO
CRÓNICAS DE LA CAZADORA

EXLIBRIC

ANTEQUERA 2026

LA MALDICIÓN DEL SILENCIO: CRÓNICAS DE LA CAZADORA
© J. G. Morón
Diseño de portada: Dpto. de Diseño Gráfico Exlibric

Iª edición

© ExLibric, 2026.

Editado por: ExLibric
c/ Cueva de Viera, 2, Local 3
Centro Negocios CADI
29200 Antequera (Málaga)
Teléfono: 952 70 60 04
Fax: 952 84 55 03
Correo electrónico: exlibric@exlibric.com
Internet: www.exlibric.com

ISBN: 979-13-88079-45-0
Depósito Legal: MA 15-2026

Impresión: PODiPrint
Impreso en Andalucía – España

Nota de la editorial: ExLibric pertenece a Innovación y Cualificación S. L.

J. G. MORÓN

LA MALDICIÓN DEL SILENCIO
CRÓNICAS DE LA CAZADORA

Todo tiene un principio,
pero ¿el final es cómo lo imaginábamos?
Y si lo supiéramos,
¿iríamos a su encuentro o huiríamos de él?

J. G. MORÓN

Prólogo

Hay amistades que nacen compartiendo mesa y café, y otras —como la nuestra— que nacen de compartir historias a través de una pantalla. Así conocí a J. Gregorio: en un curso de escritura, él desde Granada y yo desde Barcelona. Aunque no nos conocíamos en persona, supe desde el principio que compartíamos la misma pasión: contar historias que dejaran huella.

Antes de ponerme a escribir este prólogo, ya había leído trabajos de J. Gregorio, autor constante y siempre comprometido con el arte de narrar, pero cuando me dijo que se lanzaba a escribir su primera novela de terror sentí una mezcla de curiosidad y entusiasmo. El terror es mi género favorito y sé que exige mucho del escritor: ritmo, atmósfera, tensión… y la valentía de mirar de frente a los monstruos, propios o ajenos.

Cuando empecé la lectura de la primera parte de esta saga de terror, no tardé ni una página en caer dentro. La ambientación oscura, el arranque explosivo, los escenarios cargados de peligro… Esta novela no se anda con rodeos: te agarra y te arrastra por la nieve, la sangre y el misterio.

Podría hablar del mérito que supone cambiar de género o de la técnica que hay detrás. Podría. Pero sería injusto reducirlo a eso. Porque aquí no solo hay oficio: hay entrega. Hay una historia que avanza con firmeza, que crece capítulo a capítulo y que no te suelta.

Si estás leyendo este prólogo, ya has dado el primer paso. Yo entré en este camino antes que tú y solo puedo darte un consejo: no mires atrás cuando escuches el primer aullido.

Que disfrutes del viaje. Yo lo hice.

Victoria Porta
Barcelona, 2025

Introducción

Siempre me ha gustado leer novela de fantasía y de terror ancestral. Un día, no hace mucho, comencé a escribir relatos cortos de este género literario y me atrapó.

Esta primera parte comenzó a tomar forma sin saber a dónde quería llegar y, tras varias pruebas, los personajes me contaron la historia de esta aventura.

Solo tenía escritos los dos primeros capítulos cuando una mañana de este verano de 2025 mis dedos no paraban de teclear en el ordenador. He de reconocer que soy un escritor brújula y aunque, como es lógico, voy ordenando con sumo trabajo lo escrito, es mi estilo y no creo que lo cambie.

Como en mis anteriores trabajos, tanto publicados como no, mi imaginación vuela libre y dejo que la historia fluya al mismo tiempo que los diversos personajes. Y lo mejor de todo es que disfruto haciéndolo.

Cuando terminé al fin este relato y lo compartí con mi compañera Victoria Porta fue cuando me enamoré del mismo, y espero que a los lectores que llegue les ocurra lo mismo. Porque a partir de su salida al mercado será de ellos.

He de agradecer a Victoria por el prólogo tan bello que me ha escrito, y también a la pintora y escritora María Rosa Delgado Castro, que, sin ser su estilo narrativo, me dijo que era sorprendente y me deseó toda la fortuna con este proyecto literario.

Granada, 2025
J. G. Morón

1

La cazadora

El aullido partió la noche como un cuchillo. Agarré a mi hija de doce años por los hombros con fuerza:

—¡Te dije que no salieras! ¡Te lo advertimos una y otra vez!

Rebeca apenas podía respirar. Sus lágrimas no eran suficientes para calmar la culpa que le arañaba el pecho. Su madre ya no estaba. Solo quedaba la sangre en la nieve... y los lobos rodeando la cabaña. La muerte se hallaba a las puertas.

—Lo siento mucho, papá —dijo entre lágrimas—. Pobre mamá... ha sido culpa mía y ya no está.

La niña cayó desconsolada a los pies de su padre sin dejar de llorar; la culpabilidad se apoderó de ella.

—Perdona, cariño, por haber sido tan duro. La culpa no ha sido tuya. Dios así lo ha querido, y ahora debemos rezar por el alma de tu madre.

La levanté del suelo y la acurruqué en mi pecho, como cuando era más pequeña y tenía alguna pesadilla.

Mientras los lobos aullaban fuera en el bosque, dos de ellos terminaban de devorar a mi esposa. Ella había salido en defensa de nuestra hija y quedó atrapada entre las fauces de una de las alimañas. Se me agarró un nudo en el pecho y tuve que retirar la mirada. Mi dulce y amada Marta. ¿Qué será de nosotros sin ti? Las lágrimas afloraron a mis ojos sin medida ni consuelo; me las sequé y volví a recomponerme para darle fuerzas a mi hija.

De pronto, sonaron varios disparos y los lobos huyeron despavoridos. Desde el bosque aparecieron un hombre y una mujer de mediana edad.

—¿Os encontráis bien? —habló en primer lugar el hombre, mientras la mujer vigilaba por si volvía la jauría.

—Nunca se habían atrevido a tanto. ¿Qué ha ocurrido?

—Muchas gracias, amigos. Mi hija salió a la puerta y, cuando aparecieron, mi mujer fue de inmediato a ayudarla. Uno de ellos la atrapó sin tener ninguna posibilidad de escapar.

—Me llamo James —dijo con voz firme—. La que vigila fuera es Álex. La conocí ayer mientras exploraba la cara norte de la montaña. Vi muchas huellas de lobos y decidí hablar con ella, diciéndome que algo iba mal, por lo que me invitó a que acampara al lado de su fuego.

—Siento mucho lo que les ha ocurrido. ¿No tienen armas en la cabaña?

—Nuestra religión lo prohíbe. Me llamo Frank y esta es mi hija, Rebeca.

En ese momento entró en la cabaña una mujer alta y delgada, fibrosa y atractiva. Su rostro y sus ojos reflejaban un aire de peligro constante, con una rudeza que daba miedo.

—¡Volverán! —dijo Álex—. Hay algo que los ha hecho bajar de las montañas y están hambrientos. ¿Estáis todos bien? ¡Vaya pregunta! Lo siento mucho sobre todo por no haber podido llegar antes.

—Muchas gracias, señorita. Me llamo Frank y ella es mi hija Rebeca. Saluda a la recién llegada.

—Álex, no tienen armas, así que solo contamos con tu rifle y tu revólver.

—¿Cómo se puede vivir en estos bosques sin un arma para defenderse de los animales salvajes? Es increíble. Y si vuelven, no podré matarlos; son demasiados. Parece como si todos los lobos del bosque se hubieran reunido en este punto. No termino de entenderlo.

—¿Qué podemos hacer? —preguntó James.

Nos cruzamos las miradas entre los cuatro.

Mi hija y yo nos asustamos ante la situación, mientras los lobos se acercaban muy despacio a la cabaña. Contamos en la pequeña explanada más de diez, pero desde el bosque se oían muchos más; estaban aguardando la oportunidad de entrar, o que alguien saliera… cosa que no sucedería, a no ser que…

—¿Tenéis suficientes provisiones? —preguntó Álex, dirigiéndose a mí.

—Sí —contesté—. Pero el agua hay que salir a sacarla del pozo.

—Entiendo —dijo la mujer, sin dejar de observar los movimientos de los lobos.

Mientras esta vigilaba, los demás nos sentamos, mirándonos en un silencio casi sepulcral.

—Voy a calentar café —dije en ese momento—. ¿Quiere una taza, señorita?

—Eres escalador, ¿no? —le preguntó Rebeca a James.

—Comencé con mi padre cuando tenía más o menos tu edad.

—¿Y cómo es eso de la escalada? ¿Por qué lo haces?

Cuando James se disponía a contestar, se oyó un estruendoso ruido en el bosque. Todos nos dirigimos a las dos ventanas y vimos cómo los lobos huían despavoridos.

—¿Qué ocurre? —pregunté asustado.

—Callad todos —ordenó Álex.

¿Quién era esa mujer que parecía tener dotes de mando? Eso comenzó a intrigarme y, por un momento, olvidé a mi mujer, recientemente devorada por las bestias. Cuando volví a mirar por la ventana, no pude creer lo que veía: dos grandes osos aparecieron desde el bosque, olisqueando todo lo que encontraban acercándose a la cabaña.

—He escalado en Alaska y he visto osos antes… pero estos no se comportan como animales normales —dijo James, apretando los dientes mientras observaba sus movimientos. Aquí pasa algo más.

—Yo tampoco había visto nunca una pareja de osos tan enormes, y llevo años cazando. Son osos *grizzly*, los más grandes de América, y estos superan los dos metros con creces. Hay que reforzar las entradas, porque estas bestias pueden tirar la puerta abajo —comentó Álex con preocupación.

Todos nos pusimos a amontonar muebles en la puerta, mientras Álex observaba detenidamente a los osos.

—¡Alto! —gritó de repente—. No sirve de nada. Son demasiado fuertes y mi rifle no tiene el suficiente calibre como para matarlos. ¿Hay otra salida?

Yo negué con la cabeza y me senté en una silla abatido; los demás me miraron, y James hizo lo mismo.

—No nos va a pasar nada —dijo Rebeca a Álex, entre lágrimas.

—No te preocupes, niña. Mientras yo esté aquí, no dejaré que nada te pase. —Y, en ese instante, la abrazó cariñosamente.

De pronto, se oyó un fuerte estruendo en la puerta, que hizo temblar la casa. Rebeca dio un chillido.

—No vamos a aguantar mucho tiempo antes de que entren —dijo James.

Álex se dirigió rauda a la ventana y disparó dos veces al oso que intentaba entrar. Este gruñó de dolor, pero volvió a intentarlo. Entonces, una gran cabeza rompió la ventana desde donde había disparado. Álex le descerrajó dos disparos en la cara al oso y este cayó de espaldas fulminado. A esa distancia, consiguió matarlo. Lo malo es que el otro animal seguía intentando entrar.

Álex, con una frialdad increíble, se colocó frente a la destrozada puerta y, cuando el segundo oso apareció, comenzó a dispararle en la cabeza. Esto hizo que se asustara y, a pesar de las heridas, huyó hacia el bosque.

—Hay que marcharse antes de que vuelva… o de que regresen los lobos, lo que sería aún peor. Recoged todo lo que nos pueda servir y no vayáis muy cargados —dijo, dirigiéndose nuevamente a mí.

Álex y James ayudaron a rellenar dos mochilas para nosotros. Al momento, Álex salió con su rifle a explorar los alrededores. La oscuridad de la noche hacía del bosque un lugar tenebroso. Nos encaminamos hacia la parte de atrás de la cabaña y cogimos un pequeño sendero. Caminábamos rápido y en silencio, cuando no muy lejos se escuchó el aullido de un lobo.

—Han encontrado nuestro rastro, hay que ir más rápido.

—Pero ¿dónde? —pregunté.

—Confía en ella. Es la única que puede salvarnos —replicó James, cargando su mochila a la espalda.

Corrimos como pudimos, tropezando en varias ocasiones. Entonces los árboles desaparecieron de pronto: habíamos llegado a una llanura bastante extensa. Los lobos se acercaban.

—No podemos atravesar la llanura sin que nos atrapen. ¡Corred como si os persiguiera el mismísimo diablo! ¡Rápido!

—Pero, Álex, ¡es un suicidio!

—¡Ponlos a salvo, James! ¡Corre…!

James la obedeció, mientras vi cómo se ocultaba entre los arbustos. No la veía. En ese momento aparecieron; volví la cabeza mientras corría y vi a los primeros lobos de la gran manada. Comenzó a sonar el rifle, y uno tras otro los animales iban cayendo, en tal número que estos comenzaron a avanzar más despacio. Álex no dejaba de disparar mientras nosotros corríamos hacia el bosque más cercano. Al llegar, me di la vuelta, exhausto, y vi a una pequeña mujer derribando una y otra vez a los lobos. Entonces, el ruido cesó. Intenté ir en su busca, pero James me lo impidió.

—Si ha sobrevivido, pronto estará con nosotros. Continuemos.

2

El bosque tenebroso

La marcha se tornó lenta y muy triste. A la cabeza iba James, a continuación, Rebeca y cerrando el grupo iba yo; que de vez en cuando volvía la mirada, esperando que de repente apareciera Álex.

Este bosque era diferente al anterior, los árboles eran muy altos, y había mucha vegetación que nos dificultaba el paso. James se afanaba en abrir un camino, pero su machete no era lo suficientemente largo para conseguirlo. El avance era cada vez más lento y duro; además, noté como si algo o alguien nos observara, en ese momento, James se detuvo ante una gran roca que le impedía continuar.

—Vamos a descansar al abrigo de esta roca e investigaré por los alrededores para intentar encontrar un sendero.

Mi hija y yo nos acomodamos de espaldas a la pared de piedra mientras bebíamos unos sorbos de agua; no se veía nada a causa del bosque tan frondoso y solo gracias a la luz de las linternas podíamos ver algo. Al poco tiempo apareció James y nos hizo una confesión:

—No he hallado ningún camino y este lugar no lo conozco; además, extrañamente mi brújula no funciona. Estamos perdidos y lo único que podemos hacer es seguir caminando, y espero que la suerte nos acompañe.

—Perdona, James —habló Rebeca—. Tal vez esta gran roca sea lo suficientemente alta como para subir a lo alto, y es posible que nos orientemos desde arriba.

—Gracias, guapa, tenía que habérseme ocurrido a mí; serás una gran aventurera.

Y ante una amplia sonrisa comenzó a buscar la mejor manera de escalar. La roca era mucho más grande de lo que pensó en el primer momento, encontrando el lugar ideal para comenzar la escalada. En ese instante se sentó de una manera muy extraña con las piernas cruzadas y descalzo, colocó las plantas de los pies hacia arriba y juntando las manos, además de cerrar los ojos, se quedó en trance.

«Qué extraño», pensó Rebeca y comenzó a mirarlo con mucha atención.

Cuando James se marchó, mi hija y yo nos miramos. Esa mirada hizo que me centrara en lo que nos acababa de ocurrir.

—¿Cómo te encuentras, Rebeca?

—No lo sé, papá. Todo ha sucedido muy rápido.

—Recuerda a tu madre siempre tal y como era. El tiempo y yo haremos que podamos superar lo ocurrido esta noche. Yo jamás te abandonaré ni te pondré en peligro.

Mi niña, con lágrimas de tristeza, asintió y nos dimos un largo abrazo de amor que reforzó aún más nuestros vínculos entre padre e hija.

En ese momento oímos un ruido espantoso, como si algo muy grande derribara los gigantescos árboles. Al mirar de dónde provenía el sonido vimos como uno de esos árboles nos caía encima; en décimas de segundo, estábamos a salvo mientras el enorme árbol lo aplastaba todo.

Álex había aparecido en el momento oportuno y tuvo la fuerza de salvarnos a los tres, no dábamos crédito a lo que veíamos. Allí estaba, erguida con su metro ochenta y tres, la mujer que creíamos muerta, aunque observamos las diferentes heridas que tenía en su cuerpo, ella no parecía inmutarse.

—Habéis tenido mucha suerte de que os encontrara en este momento. ¿Cómo os encontráis?

—¡Estás viva! —habló James dándole un fuerte abrazo—, pero ¿cómo es posible?

—Más tarde os lo contaré, ahora hay que averiguar lo que está ocurriendo.

Álex tenía varias heridas por mordeduras de lobo, alguna de ellas bastante serias, pero allí estaba atenta a cualquier sonido que proviniera del denso bosque; al momento se sentó y James sacó el pequeño botiquín que siempre le acompañaba.

Retiré la vista en varias ocasiones al ver tanta sangre; la herida más importante la tenía en el costado derecho, pero James parecía saber lo que estaba haciendo mientras le cosía las heridas. Agotó todo lo que llevaba en su botiquín; aun así, consiguió lo que pretendía.

—Tienes que descansar, Álex, solo eso hará que te recuperes.

—¿Dónde aprendiste a coser así? —pregunté, sorprendido.

—Pasé diez años en quirófanos. Anteriormente estuve como cirujano militar en el frente. Necesitaba una parada en mi vida y cambié el bisturí por la escalada —respondió James, sin apartar la vista de la herida mientras cosía con precisión; en ese momento, le dio un beso en la frente a Álex.

—¿Qué vamos a hacer ahora? —pregunté.

—Acamparemos aquí hasta que Álex recupere fuerzas; hay que encender un fuego para mantener a los depredadores alejados.

Álex cayó rendida a causa del cansancio; yo la observaba con admiración mientras acomodaba a mi hija, he de reconocer que me gustaba bastante, por su fuerza y determinación. ¿Quién era esa mujer tan fantástica? Esta pregunta me la hacía al mismo tiempo que me preparaba para descansar. James vigilaba desde unos metros más arriba en un saliente de la gran roca.

Estaba amaneciendo, o así lo creímos, cuando sentí un escalofrío, el fuego se había apagado y no vi a James; me levanté de repente y observé que tampoco estaba mi hija, me asusté y dirigí la mirada hacia donde descansaba Álex, esta estaba aún dormida, pero parecía tener algunas pesadillas, lo cual hizo que me preocupara por ella; no me atreví a despertarla a causa de mi miedo. ¿Qué podía hacer?

—¡Detente, maldito! —La oí decir entre sueños a causa de la pesadilla que estaba teniendo—. ¡Detente, detente! —repetía una y otra vez.

En ese momento, despertó desorientada, entre sudores y con su machete apuntando hacia el vacío.

—Tranquila, Álex, soy yo y estás a salvo.

Su mirada desencajada me atravesó con una furia que me hizo temblar, y al momento, entre sudores, se disculpó preguntándome por el resto.

—No lo sé, acabo de despertar. ¿Estás bien?

—Lo estoy —me dijo mientras levantaba su maltrecho cuerpo.

Le pedí que volviera a acostarse, pero ni me escuchaba ni me miraba, estaba escudriñando el oscuro bosque. Allí estaba con todos sus sentidos alerta; en ese momento comenzó a caminar con cautela hacia el árbol que casi nos mata y, de pronto, se detuvo en una oquedad en la roca que había pasado inadvertida.

Encendió la linterna cogiéndola con la mano izquierda mientras en la derecha llevaba su machete, este era de grandes dimensiones, muy afilado y que imponía mucho respeto.

—¡Quédate fuera! —me ordenó.

En ese instante vi cómo entraba en el agujero de no más de un metro de diámetro, teniendo que hacerlo de rodillas con la linterna en la boca y el machete en su funda mientras gateaba, quise seguirla, pero el miedo me paralizó.

3

La gruta

Permanecí inmóvil durante varios segundos, mirando fijamente la oscuridad que se había tragado a Álex. Mi respiración era errática, y el corazón me golpeaba el pecho con una violencia desesperante. El silencio me resultaba tan espeso como la niebla matinal, y no pude evitar imaginar lo peor.

—¡Álex! —susurré con la voz apenas audible—. ¿Estás bien?

No hubo respuesta.

Me acerqué a la oquedad sin atreverme a entrar, esperando algún sonido, alguna señal. Fue entonces cuando un golpe seco resonó dentro de la cueva, seguido por un grito ahogado. No pude distinguir si se trataba de dolor… o de sorpresa.

Algo dentro de mí se quebró. El miedo seguía allí, pero la preocupación por mi hija y por Álex lo devoró. Me agaché, metí primero un brazo, luego la cabeza y, finalmente, todo el cuerpo dentro de la grieta. El paso era estrecho y áspero, con raíces y piedras que arañaban mi ropa. Avancé con dificultad, guiado por la tenue luz de mi linterna, que apenas iluminaba un metro por delante de mí.

Unos metros más adentro, el túnel se ensanchó y allí la vi.

Álex estaba de pie, frente a lo que parecía una especie de altar natural. En las paredes de piedra se veían dibujos tallados, antiguos y primitivos. Lobos-hombres y una figura extraña de ojos vacíos rodeada de llamas. En el centro del suelo, había huesos humanos y restos de lo que alguna vez fue una piel… ¿de oso? No, algo no encajaba.

—¿Qué es esto? —logré murmurar.

—Un santuario. O eso creo —dijo Álex sin girarse—. Esto no es obra de ningún animal… ni tampoco de ningún ser humano moderno. Estas marcas son ancestrales. Estamos en territorio prohibido.

La luz de mi linterna parpadeó un instante. Fue entonces cuando noté que algo se movía entre las sombras. Un murmullo recorrió el lugar, como si las propias paredes exhalaran susurros en un idioma que no comprendíamos.

—Tenemos que salir de aquí —dije.

Álex asintió, pero antes de moverse, sacó una pequeña caja de madera oculta entre las piedras. Estaba cubierta de símbolos. Al tocarla, un alarido se oyó en el fondo del túnel. No era humano.

Salimos a gatas. Cuando por fin emergimos de nuevo al claro, ya estaba amaneciendo. La luz del día traía algo de consuelo, pero sabíamos que algo había cambiado.

Álex miró la caja con el ceño fruncido.

—Esto tiene algo que ver con lo que está ocurriendo. Tal vez los animales estén huyendo… o sirviendo… a algo que ha despertado.

—¿Y Rebeca? ¿Y James? —pregunté, apenas respirando.

Ella me miró con gravedad.

—Si algo o alguien los ha tomado… quizás esta caja sea la clave para traerlos de vuelta.

4

Ecos en la espesura

El aire fresco del amanecer golpeó mi rostro como una bofetada. Aún tenía tierra en las manos y mi pecho subía y bajaba con esfuerzo. Álex se puso de pie sin quejarse por sus heridas. Mantenía la caja de madera apretada contra el pecho, como si llevara algo que pudiera romperse con un pensamiento.

—¿Dónde pueden estar? —pregunté.

—Si alguien se los llevó, no están lejos —dijo mientras escudriñaba los árboles con ojos entrenados—. Esa cosa despertó algo… y ellos fueron las primeras víctimas.

—¿Tú crees que están vivos?

—Sí. Al menos, por ahora. Si lo que vi en esa cueva es real, no quieren matarlos. Aún no.

La manera en que lo dijo me heló la sangre.

Nos internamos de nuevo en el bosque, en dirección contraria a la grieta. El sol apenas atravesaba las copas de los árboles, creando haces de luz que se movían como fantasmas entre la niebla. Álex caminaba con sigilo, el machete en la mano derecha y la caja en la izquierda. Me señaló el suelo con un gesto.

—Huellas. Son recientes... —Agachó la cabeza—. Uno de ellos fue arrastrado.

—¿Cuál?

—Rebeca.

Mi corazón se contrajo. Quise correr, pero Álex me detuvo.

—Si haces ruido, la próxima vez no encontraremos huellas. Solo sangre.

Avanzamos. Las señales eran confusas: ramas rotas, marcas de garras en los troncos, gotas secas de sangre... y un olor. Un hedor a carne y a algo más profundo, antiguo. Cada paso parecía guiarnos no hacia la salvación, sino hacia el corazón mismo del bosque.

Finalmente, llegamos a un claro. En el centro, una especie de altar natural hecho de raíces retorcidas y cráneos de animales. En lo alto, como si fueran sacrificios ofrecidos a una deidad cruel, estaban Rebeca y James, colgados por los tobillos, aún vivos pero inconscientes. Un círculo de símbolos grabados en el suelo los rodeaba. La caja en manos de Álex empezó a temblar.

—No entres aún —dijo, clavando la mirada en el altar—. Esto es un ritual. Están intentando algo, pero aún no ha comenzado del todo.

—¿Quiénes?

—Mira.

Desde el otro lado del claro comenzaron a surgir figuras. No eran animales. No eran hombres. Eran algo intermedio. Altos y encorvados, cubiertos de pelo gris y ojos como brasas. Cuatro, cinco… ocho de ellos, caminando como si no pisaran el suelo.

—Lobos-hombres… —susurré sin creerlo.

—No. Son más antiguos que eso —dijo Álex mientras abría la caja—. Este artefacto es una llave… o una bomba. No sé qué será aún.

Los seres nos vieron y comenzaron a acercarse. No corrían. Avanzaban como si ya supieran el final de la historia. Álex se colocó delante de mí.

—Ve por tu hija. Yo me encargaré de ellos.

—¡Estás herida!

—He pasado por cosas peores.

Y, antes de que pudiera detenerla, sacó de la caja una pequeña figura de piedra negra, apenas del tamaño de una mano.

Al hacerlo, los lobos-hombre se detuvieron. Retrocedieron… y luego comenzaron a aullar de forma espantosa, como si algo los quemara desde dentro.

Corrí hacia el altar, trepando entre raíces y huesos. Rebeca respiraba. James también. Corté las cuerdas con el cuchillo que Álex me había prestado. Cuando bajé a mi hija al suelo, sus ojos se abrieron con un susurro:

—Papá… soñé con una sombra… quería mi nombre…

—Shhh… estás a salvo.

—No lo está —dijo Álex desde detrás, su voz era tensa—. ¡Corred! ¡Ahora…!

Me giré y la vi, de rodillas, con la figura de piedra humeando en sus manos. Los seres ya no aullaban. Corrían hacia ella.

—¡Álex! —grité con miedo.

—¡Llévatelos! ¡Sal de aquí!

Y entonces lo entendí. Ella no pensaba salir.

Tomé a Rebeca en brazos, agarré a James por los hombros y, con toda la fuerza que pude reunir, me lancé de vuelta al bosque. Detrás de mí, escuché el estallido de un grito no humano y la luz de la figura negra llenando el claro de fuego y sombra.

Corrimos. Corrimos como nunca. Y no miré atrás.

5

La herencia oculta

El bosque no era el mismo; había cambiado.

Aunque James y yo logramos alejarnos de aquel claro maldito, aunque el sol parecía brillar por entre los árboles, algo había cambiado. Lo sentía en cada paso, en cada sombra. Y lo veía en los ojos de Rebeca, que desde su despertar en el altar no había pronunciado una palabra más.

Caminamos sin rumbo durante horas, buscando un sitio seguro. James tenía el rostro herido y la mirada perdida. Yo cargaba con la caja de Álex, que milagrosamente había aparecido junto a nosotros al escapar. No me atrevía a abrirla.

Fue al anochecer cuando Rebeca habló:

—Ella me habló… en mis sueños —dijo con un tono casi infantil—. Me enseñó cosas que no entendí… pero que reconozco.

Me detuve en seco.

—¿Ella? ¿Quién?

—La sombra. La de los ojos sin rostro. Está dentro de mí, papá.

James se acercó con rapidez.

—Eso no puede ser… fue solo un sueño, Rebeca. Lo que viste fue una pesadilla inducida por el ritual, nada más.

Rebeca negó con la cabeza. Sus ojos, ahora más profundos y serenos, parecían observar no solo el bosque, sino algo más allá.

—Yo la sentí dentro de la caja. Está viva. No es una cosa, es una voz. Un eco de algo antiguo.

Entonces, sin que yo pudiera evitarlo, Rebeca tomó la caja de mis manos. Al tocarla, la tapa se abrió sola. Dentro, el ídolo de piedra negra flotaba en el aire, suspendido como si el tiempo se detuviera. Rebeca extendió la mano.

—¡No! —grité.

Pero ya era tarde.

Apenas sus dedos rozaron la figura, un vendaval surgió del corazón de la caja, barriendo hojas, ramas y luz. El mundo se volvió sombra. Rebeca se desvaneció ante nuestros ojos, y una presencia invadió el bosque. Yo caí de rodillas. James gritó.

Y entonces… silencio.

Cuando abrí los ojos, ya no era de noche. No del todo. El cielo era violeta, como si el mundo hubiese girado hacia otro plano. James y yo seguíamos allí, pero

Rebeca no. En su lugar, una figura se elevaba entre los árboles: una silueta femenina, incorpórea, formada de humo y cenizas, con la piedra negra latiendo en su pecho como un corazón.

—Rebeca… —susurré.

Pero no contestó.

Una voz habló, desde el fondo del bosque, desde dentro de mi mente.

—Ella es la heredera. El linaje ha despertado. La sangre ha sido derramada, y la jauría responde. El equilibrio ha sido roto. Ahora, la niña decidirá.

La figura descendió al suelo. Poco a poco, la niebla se disipó… y allí estaba Rebeca, de pie, intacta. Pero sus ojos ya no eran los de antes.

—Papá —dijo, con ternura—. Puedo escuchar a los lobos… y a los que vinieron antes que ellos. Álex lo sabía. Ella me protegía y ahora… me toca a mí proteger a los demás.

James se acercó, desconfiado.

—¿Qué significa esto?

—Que el bosque está cambiando —respondió ella—. Hay algo encerrado… bajo tierra… algo que los humanos olvidaron, pero los animales aún recuerdan. La caja no es un arma. Es un sello. Si se rompe, lo que duerme volverá.

James y yo intercambiamos miradas, incrédulos.

—¿Qué eres ahora, Rebeca?

La niña, o lo que quedaba de ella, esbozó una sonrisa leve.

—Soy la cazadora.

6

Sangre de la primera luna

Rebeca permanecía en silencio, sentada junto al fuego, con la caja de Álex cerrada sobre sus rodillas. No la tocaba, pero sus ojos —que ya no parecían los de una niña— no se apartaban de ella.

James había intentado entablar conversación en varias ocasiones. Yo, simplemente, no sabía cómo dirigirme a mi hija. Era ella, sí… pero también no lo era. Algo dentro había despertado.

Al amanecer, cuando el primer rayo de luz tocó las ramas, Rebeca habló.

—Tengo que mostraros algo.

Se levantó y comenzó a caminar hacia el interior del bosque sin esperar respuesta. James y yo nos miramos, vencidos por la incertidumbre, y la seguimos.

Anduvimos durante horas, subiendo una vieja colina cubierta de raíces negras y líquenes rojos. Era un lugar distinto a todo lo que habíamos visto: el aire olía a hierro, y la tierra parecía latir bajo nuestros pies.

Cuando llegamos a la cima, Rebeca se arrodilló frente a un círculo de piedras cubiertas de símbolos antiguos. Tallados rústicos, como de garras. En el centro había una losa de roca blanca.

—Aquí empezó todo —susurró.

—¿Todo qué? —preguntó James.

Rebeca alzó la mirada.

—Mi linaje. —Y tocó la piedra.

En ese instante, el mundo desapareció.

Todo se volvió oscuridad… y luego, fuego. Estábamos en otro tiempo. En otra era. Veíamos sin ser vistos.

Una mujer estaba de pie sobre la misma colina, sola. Tenía el cabello negro como la noche y una mirada feroz. A su alrededor, una jauría de lobos la rodeaba, pero no la atacaban. La obedecían.

—Soy Kaelyn, la primera Cazadora —dijo aquella mujer ancestral—. Amo la vida, pero soy guardiana de la muerte. En mi sangre arde el fuego de los astros muertos, y en mis venas corre el lamento de la primera luna llena. Yo detuve a la Sombra cuando el mundo era joven. Yo sellé su cuerpo bajo tierra… y entregué la llave a mis hijas. La cazadora nunca desaparece. Solo cambia de forma.

La visión desapareció.

Estábamos de nuevo en la cima. James jadeaba. Yo temblaba. Rebeca estaba de pie frente a la losa, y una marca brillante, como una luna menguante, había aparecido en su muñeca.

—¿Quién era… esa mujer? —pregunté, aún temblando.

—Mi antepasada —dijo Rebeca con calma—. Cada generación nacía una cazadora. Dejaron de hacerlo. Hasta mi llegada.

—¿Y por qué ahora? ¿Por qué ha vuelto?

—Porque el sello está debilitándose. Porque los hombres han olvidado y la Sombra quiere despertar.

James apretó los puños.

—¿Y qué se supone que debemos hacer nosotros?

Rebeca se giró hacia él.

—Tenéis que ayudarme a encontrar los otros sellos. Hay más de una caja. Y si no las protegemos… el mundo no resistirá.

El viento sopló fuerte. En la distancia, el bosque rugía como si algo se moviera bajo sus raíces. James y yo sabíamos que ya no podíamos escapar.

Esto no era solo una historia sobre lobos o una cabaña.

Era una guerra antigua. Y mi hija estaba en el centro.

7

El regreso del fuego

La noche volvió demasiado pronto.

Nos habíamos alejado de la colina sagrada, descendiendo por una antigua senda que parecía haber sido olvidada por el tiempo. Rebeca caminaba delante, guiada por algo más que sus sentidos. James y yo la seguíamos sin atrevernos a interrumpirla. En el aire flotaba una tensión densa, casi eléctrica. Algo se avecinaba.

Entonces ocurrió.

Un sonido rompió el silencio: un zumbido grave, vibrante, como el de un cuerno antiguo resonando desde el centro de la tierra. Los árboles comenzaron a agitarse. El suelo tembló.

Y del bosque surgió una figura.

Casi no la reconocí.

Vestía un abrigo raído, cubierto de barro y sangre seca. El cabello estaba desordenado, el rostro manchado. Pero sus ojos… sus ojos seguían ardiendo con la misma fiereza.

Era Álex.

Viva.

—¡Álex! —grité.

Ella alzó la mirada. Una sonrisa cansada le curvó apenas los labios.

—Sabía que lo conseguiríais.

Corrí hacia ella. James también. La abrazamos sin pensar, sin palabras. Rebeca se detuvo unos metros más allá, mirándola fijamente. No con sorpresa. Sino con algo más: comprensión.

—¿Cómo sobreviviste? —le preguntó James, incrédulo.

Álex suspiró, apoyándose en un tronco.

—No sobreviví del todo —dijo con voz ronca—. No como antes.

La observé más de cerca. Sus heridas habían sanado, pero no como las de una persona. Las cicatrices tenían un brillo pálido, como si hubieran sido marcadas con fuego antiguo. Y su sombra… se movía con retardo, como si no le perteneciera del todo.

—Cuando abrí la caja y usé el ídolo… no sabía lo que liberaría. Fue más que una explosión. Fue… una ofrenda. Me entregué al sello. Y algo… me devolvió.

—¿Qué cosa? —preguntó Rebeca sin miedo.

Álex la miró por primera vez. Y se arrodilló ante ella.

—La misma que te eligió a ti. Kaelyn. La Primera. Me habló. Me mostró lo que vendría. Y me dijo que debía volver. Que aún no había terminado mi tarea.

—¿Qué tarea? —susurré.

—Protegerla a ella —dijo Álex señalando a Rebeca—. Ayudarla a encontrar los sellos. Y luchar contra los que intentan liberarlos.

James frunció el ceño.

—¿Quiénes?

Álex alzó la mirada hacia el cielo nocturno.

—Los Hijos de la Sombra. No son lobos. No son hombres. Son algo peor. Hace siglos intentaron liberar a su dios caído. Y ahora han vuelto. Ellos nos están buscando.

En ese momento, Rebeca se acercó a Álex y la ayudó a incorporarse.

—Entonces, luchemos —dijo la niña—. Antes de que nos encuentren.

Álex sonrió. Fue la sonrisa de alguien que había visto la muerte y vuelto con una promesa grabada en los huesos.

—Hay una segunda caja —dijo—. Está en las ruinas bajo el Lago Silencioso. Debemos llegar antes que ellos. O el segundo sello caerá.

El viento sopló con un olor extraño, metálico, lejano… como si el bosque ya supiera que algo estaba en movimiento.

Y entonces, en la distancia, se oyó un aullido. No era de un lobo.

Era de algo que había estado esperando demasiado tiempo.

8

El rostro del espía

La mañana siguiente trajo un cielo encapotado y un aire húmedo que empapaba los huesos.

El grupo avanzaba en silencio por un sendero oculto, flanqueado por árboles retorcidos. Rebeca iba en cabeza, su instinto la guiaba. Álex cerraba la marcha, con su machete envainado y la vista siempre alerta.

Yo intentaba mantener la calma, pero la tensión era insoportable. Sentía que algo nos observaba desde hacía rato.

—¿Qué sabes del Lago Silencioso? —pregunté a Álex mientras caminábamos.

—Antiguo. Profundo. Bajo él hay una catedral subterránea. Uno de los sellos fue ocultado allí hace siglos… cuando los Hijos de la Sombra fueron vencidos por última vez.

James se adelantó con el ceño fruncido.

—¿Y si ya están allí?

—No lo creo. Nos llevan ventaja, sí… pero no saben que Rebeca despertó el vínculo. Ni que yo regresé. Y si lo saben, mandarán a alguien a confirmarlo…

Entonces lo sentimos.

Un clic.

El crujido leve de una rama. Demasiado preciso.

Álex se detuvo.

—Nos siguen.

Giró sobre sus talones y desapareció entre los árboles como una sombra. James sacó su navaja, yo me coloqué frente a Rebeca. Pero ella… no parecía asustada. Tenía los ojos fijos en un punto del bosque.

—Viene solo —dijo, como si lo supiera por instinto.

Unos segundos después, Álex emergió del matorral, sujetando a un hombre por el cuello de la camisa. Tenía el rostro sucio, barba descuidada y una mochila a medio vaciar. Llevaba una insignia bordada en el hombro: una luna negra.

—Lo encontré marcando árboles con ceniza —dijo Álex—. Es uno de ellos.

El hombre no forcejeaba. Su mirada era tranquila, casi sonriente.

—Así que la pequeña cazadora está despierta… —dijo con voz suave, y sus ojos se posaron en Rebeca como si la midiera—. Más joven de lo esperado.

—¿Quién eres? —preguntó James con el cuchillo levantado.

—Un simple servidor. Un testigo del regreso. El primero de muchos.

Álex lo empujó contra un árbol con violencia.

—Habla. ¿Cuántos sois? ¿Dónde están los otros?

El hombre escupió sangre, pero sonrió.

—Somos más de lo que imagináis. Y la Sombra ya ha sido advertida. No importa cuántos sellos queden. Ella viene.

—¿Ella? —repetí.

—La madre del Silencio. La forma verdadera del vacío. Vosotros la llamáis Sombra. Pero tiene un nombre y Rebeca lo dirá. Lo recordará.

—¿Qué significa eso? —pregunté alarmado.

El hombre giró lentamente la cabeza hacia mi hija.

—La sangre no solo la eligió. La creó. Ella no es el final… Es el comienzo.

De pronto, Rebeca se adelantó. Sus ojos brillaban con un fulgor blanco pálido. Extendió la mano hacia el espía.

—¿Qué ves en mí? —preguntó con una calma inhumana.

El hombre abrió los ojos con terror. Su voz se quebró.

—Kaelyn… ¿eres tú?

En ese instante, su cuerpo se arqueó y comenzó a convulsionar. Un humo oscuro le salía por la boca, por los ojos, por cada herida abierta. Cayó al suelo, retorciéndose, y en cuestión de segundos se disolvió en cenizas.

Silencio.

James retrocedió.

Yo me arrodillé junto a Rebeca, que había caído de rodillas, jadeando.

—¿Qué has hecho? —le pregunté, aterrorizado.

Ella no respondió al principio. Luego murmuró:

—No he sido yo. Ha sido el sello dentro de mí. Él me reconoció. Su alma estaba corrompida... y el sello lo quemó.

Álex se agachó a su lado, más impresionada que alarmada.

—Eso no debería ser posible —susurró—. Aún no.

Rebeca la miró, con lágrimas en los ojos.

—No sé cuánto más puedo contenerlo.

Álex la sostuvo por los hombros.

—No tienes que hacerlo sola. Pero debemos darnos prisa. Si ya saben quién eres... el Lago Silencioso será un campo de batalla.

9

La voz detrás de los sueños

Dormimos en un claro protegido por piedras viejas cubiertas de musgo. James encendió una pequeña fogata sin decir palabra. Álex vigilaba en silencio, apoyada en un tronco, su rostro envuelto en sombras. Nadie mencionó al espía.

Rebeca se quedó sentada en silencio, con la caja cerrada sobre las rodillas. No hablaba desde que el cuerpo del espía se desintegró. Solo observaba el fuego, como si pudiera ver a través de él.

Esa noche, mientras dormíamos, Rebeca soñó.

Pero no era un sueño cualquiera.

Era un recuerdo que no le pertenecía.

★★★★★

La luna era roja como la sangre. En lo alto de una torre de piedra, una mujer de ojos blancos —Kaelyn, la primera cazadora— sostenía una lanza forjada en fuego lunar. Abajo, una multitud de sombras danzaba en círculo. No tenían rostro. No tenían piel. Eran como ecos con forma.

—No puedo contenerla para siempre —decía Kaelyn—. Alguna de vosotras deberá continuar mi tarea.

Rebeca vio a una niña de cabello castaño entre los presentes. Parecía familiar. Demasiado familiar.

—¿Qué es lo que sellamos? —preguntaba la niña.

—Una parte de nosotras mismas —respondió Kaelyn—. La parte que escucha el aullido de la luna y desea convertirse en bestia. Lo que sellamos… no está muerto. Solo dormido. Dentro de nosotras.

La niña se volvió. Era Rebeca.

★★★★★

Y entonces… despertó.

Sudaba. Jadeaba. Se incorporó entre las mantas. La luna real brillaba blanca sobre el claro, filtrándose entre las ramas.

A unos pasos de ella, Álex la observaba.

—Otra visión —dijo, sin preguntar.

Rebeca asintió.

—Siento que… que no soy del todo yo. Hay algo dentro. Me habla. Me muestra cosas que no comprendo… pero que siento como mías.

Álex se sentó a su lado, su voz firme pero cálida.

—Ese algo eres tú. Es lo que Kaelyn dejó atrás en su linaje: una chispa de lo que ella fue, de lo que el mundo necesitaba que fuera. No es maligno… a menos que lo alimentes con miedo.

—¿Y si me consume? ¿Y si ya no sé dónde acabo yo y empieza eso?

Álex la miró, grave.

—Entonces aprende a convivir con ello. No puedes matar una sombra. Pero puedes enseñarle a caminar contigo.

Rebeca tragó saliva.

—¿Por qué yo?

—Porque tu alma fue fuerte antes de saber lo que eras. Porque cuando perdiste a tu madre, no gritaste por venganza. Gritaste por ella. Y eso fue lo que te eligió.

Rebeca bajó la mirada, y por un instante, pareció la misma niña de siempre.

—No quiero convertirme en un monstruo.

Álex acarició su cabello, con una ternura que pocas veces mostraba.

—Entonces no lo hagas. Pero recuerda: los monstruos no siempre tienen garras. A veces se disfrazan de profetas… o de padres que quieren proteger demasiado.

La mirada de Rebeca se alzó y se cruzó con la mía, que las observaba desde el otro lado del fuego.

No dije nada.

Solo supe que, al final, no podría protegerla de lo que llevaba dentro.

Solo ella podía elegir si lo que había despertado sería un arma… o una maldición.

10

Aguas que no devuelven el eco

El sol apenas había comenzado a iluminar las copas de los árboles cuando reanudamos la marcha.

Nadie dijo nada, pero todos sabíamos que algo había cambiado desde la noche anterior. Rebeca caminaba en silencio, aunque sus pasos eran más firmes. Álex seguía a su lado, sin apartarse ni un segundo. James y yo íbamos detrás, atentos a cada sonido.

A medida que descendíamos por una vieja senda cubierta de raíces, el aire se volvía más frío. El bosque era más espeso, los árboles más altos, como columnas de un templo olvidado. Finalmente, tras horas de marcha, la vegetación se abrió de golpe… y ante nosotros apareció el Lago Silencioso.

Era vasto y perfectamente liso. No había viento. No había olas. Ni un solo pájaro en el cielo. Era como si el tiempo se hubiese detenido allí. Las montañas reflejadas en sus aguas eran tan nítidas que costaba saber qué era cielo y qué era espejo.

—No me gusta —murmuró James.

—Nadie en su sano juicio debería venir aquí —añadió Álex—. Pero estamos cerca.

Bordeamos el lago por el lado este, siguiendo un sendero de piedra casi completamente cubierto de musgo. Finalmente llegamos a una pequeña cabaña de madera y piedra, incrustada en la ladera como una verruga en la piel del bosque.

—No está marcada en ningún mapa —dijo Álex—. Pero los Cazadores la construyeron hace siglos. Debajo de ella hay un pasadizo… y al final, el sello.

Entramos.

El interior estaba cubierto de polvo y telarañas. Había signos de abandono, pero no de olvido. En el centro de la sala, una trampilla oculta bajo una alfombra podrida.

Rebeca se acercó antes de que nadie pudiera reaccionar. Apoyó la mano sobre la madera.

—Aquí es.

Sus ojos se pusieron en blanco un instante. La trampilla se abrió sola.

James dio un paso atrás.

—¿Cómo…?

—El sello la reconoce —dijo Álex, y descendió la primera con su linterna.

Bajamos una a una las escaleras de piedra, con la humedad pegada a la piel. El aire olía a tierra, a hueso, a cosas que jamás vieron la luz del sol.

El túnel desembocó en una cámara circular.

Allí, en el centro, flotando sobre un pedestal de piedra, estaba la segunda caja. Más grande que la primera, tallada en obsidiana y cubierta de símbolos brillantes que parecían moverse levemente.

—El segundo sello —susurró Álex.

Rebeca dio un paso al frente, pero, de pronto, se detuvo. Su cuerpo tembló.

—Hay algo más aquí… —dijo.

Y entonces lo oímos.

Un susurro. No con los oídos, sino con la sangre.

«Ya conoces mi nombre».

Rebeca se llevó las manos a la cabeza.

—No… no quiero escucharte…

«Ya lo dijiste una vez. En sueños. Pronto lo repetirás».

James intentó tocarla, pero fue repelido por una fuerza invisible.

Álex desenfundó el machete, aunque sabía que no serviría contra aquello.

La caja comenzó a vibrar. El suelo retumbó.

—¡Tenemos que sacarla de aquí! —gritó Álex.

—¡No! —gritó Rebeca de vuelta, con voz entrecortada—. Si la muevo... se abrirá. El sello ya está débil. Siente mi presencia... quiere liberarse.

—¿Y qué hacemos entonces? —pregunté, desesperado.

Rebeca cayó de rodillas frente a la caja. Cerró los ojos. Todo temblaba.

Y entonces habló:

«Tu nombre no me pertenece».

La vibración cesó. La caja volvió a flotar, inmóvil. El eco de la voz se desvaneció.

Todos contuvimos la respiración.

Álex se acercó despacio.

—¿Cómo hiciste eso?

—No lo sé... —murmuró Rebeca—. Fue como decirle que no podía entrar.

James la ayudó a ponerse en pie. Estaba pálida, pero entera.

—Tenemos que sellarla de nuevo —dijo—. No puedo cargar con dos a la vez.

Álex asintió.

—Entonces dejaremos esta aquí... pero la protegeremos.

En ese momento, escuchamos un golpe arriba. Luego, otro. Y otro.

—No estamos solos —susurré.
Álex apretó los dientes.
—Vienen por la caja.
«Y por ti», pensé.
Pero no lo dije.

11

Lo que viene del agua

El primer golpe fue tan fuerte que hizo temblar las paredes de piedra. El polvo cayó del techo, y un crujido recorrió la estructura de la cabaña sobre nuestras cabezas. James se acercó a la escalera con el cuchillo en mano, pero Álex lo detuvo de un tirón.

—No abras —dijo en voz baja—. Escucha.

Arriba, el silencio se volvió opresivo. No era natural, era como si el mundo contuviera el aliento.

Y entonces… el agua habló.

No con palabras, fue con movimiento.

Cada vez más gotas comenzaron a deslizarse por las paredes del pasadizo, como si el lago quisiera infiltrarse bajo tierra. Era espesa, oscura, y no parecía agua del todo. Al tocar el suelo, chispeaba con una luz tenue.

—¡Está intentando entrar por abajo! —grité.

Álex cargó la caja a su espalda y ayudó a Rebeca a levantarse. La niña apenas podía mantenerse en pie. Sus labios estaban morados, y sus pupilas dilatadas.

—No puedo… —murmuró—. Hay algo en mí…
despertando…

—No ahora, pequeña —dijo Álex—. Necesitamos
que resistas. Una hora más.

James ya subía las escaleras, cuchillo en mano, pero
al empujar la trampilla cayó hacia atrás con fuerza. Algo
había intentado abrir desde el otro lado… con garras.

—¡Nos tienen rodeados!

—¡Por la grieta lateral! —dijo Álex, señalando un
estrecho túnel a la izquierda del pedestal.

Corrimos. El pasadizo apenas permitía pasar de uno
en uno. La piedra rezumaba una humedad antigua y en
cada curva parecía que una sombra nos iba a devorar.
Rebeca jadeaba y comenzó a sangrarle la nariz.

—Papá… no puedo más.

—Sí puedes —le dije, levantándola en brazos—. Lo
has hecho antes. Hazlo ahora.

Al final del túnel, había una apertura tallada en roca
viva que conducía al exterior, esta daba al otro lado del
lago, donde la luz del día comenzaba a filtrarse entre
los árboles.

—¡Cuidado! —gritó James.

Del agua emergió algo.

Era alto, con la forma de un hombre, pero de piel
negra y húmeda como un alga podrida. No tenía rostro,

solo una máscara de hueso con una cruz invertida tallada en la frente. Otro apareció tras él, y otros más.

—¡Hijos de la Sombra! —rugió Álex.

Disparó.

Las balas los atravesaban… pero no los detenían.

James cargó con una antorcha encendida del túnel y la blandió. Las criaturas retrocedieron apenas unos metros.

—¡Fuego! ¡Solo temen el fuego!

Álex abrió una botella con alcohol de su mochila, la roció sobre las raíces del borde y lanzó su encendedor. Una lengua de fuego rugió como un dragón dormido. Las criaturas chillaron y se desvanecieron entre vapor.

Aprovechamos para correr. El bosque del otro lado era empinado, pero la luz del Sol nos cubría como una capa protectora. Corrimos hasta que no oímos más gritos. Ni agua, ni pasos. Solo viento.

Cuando por fin nos detuvimos, Rebeca colapsó en mis brazos.

—¿Está viva? —preguntó James, jadeando.

—Sí… pero está muy débil.

Álex se arrodilló junto a ella. Abrió la caja de Kaelyn. El ídolo negro seguía latiendo como un corazón. Lo acercó al pecho de Rebeca, con miedo… y esperanza.

Una luz blanca emergió entre ambos. Rebeca abrió los ojos. Su voz fue apenas un susurro:

—Vienen más. Han cruzado el lago.

Álex guardó el ídolo.

—Entonces no podemos parar.

Y seguimos caminando.

Huyendo. Resistiendo.

Porque ahora sabíamos la verdad: El segundo sello no había sido protegido. Había sido despertado.

Y la oscuridad había comenzado a moverse.

12

El eco bajo las piedras

Caminamos durante horas sin hablar. El bosque cedió lentamente ante una tierra más árida, marcada por raíces desnudas y piedras partidas. El aire era seco, como si el viento pasara sin querer detenerse. Rebeca apenas podía mantenerse en pie; James la sostenía con una devoción silenciosa, mientras Álex avanzaba con el rifle en la espalda y la mirada fija en el horizonte.

Fue entonces cuando la vimos: una estructura de piedra agrietada, medio cubierta por la maleza. Una antigua ermita olvidada por el tiempo, con una cruz rota en el techo y muros que parecían sostenerse por costumbre más que por fuerza.

—Aquí —dijo Álex—. Esta zona era parte de una antigua ruta de los cazadores. Si el lugar aún se mantiene en pie, puede que algo de su protección también.

James forzó la puerta. Esta crujió con un lamento viejo. Dentro, el aire olía a piedra húmeda, cera reseca y ceniza.

—No parece muy seguro —dije.

—No lo es —respondió Álex—. Pero al menos no nos encontrarán fácilmente.

Instalamos el campamento entre bancos rotos y restos de velas ennegrecidas. James encendió un fuego improvisado en el antiguo altar. Yo acomodé a Rebeca sobre una manta. Ella dormía, pero su respiración era errática.

—Está ardiendo —dije al tocarle la frente.

Álex se acercó. Le apartó un mechón de pelo y examinó la marca pálida en su muñeca: la luna menguante que había aparecido desde la colina. Ahora brillaba con un resplandor constante.

—La transformación ha comenzado —dijo en voz baja.

—¿En qué se está convirtiendo?

Álex no respondió enseguida. Parecía temer ponerlo en palabras.

—En lo que Kaelyn fue. Pero a su manera.

Esa noche, Rebeca soñó de nuevo.

★★★★★

Se encontraba en una sala de piedra, rodeada por pilares marcados con runas. En el centro, siete figuras femeninas la observaban. Todas llevaban armaduras antiguas, de cuero, hueso y fuego. Todas tenían ojos blancos. Todas… eran cazadoras.

—*¿Por qué me elegisteis?* —*preguntó Rebeca.*

Una de ellas, más alta que el resto, dio un paso al frente.

—*Porque el sello estaba a punto de romperse.*

—*No quiero ser una diosa. Ni un arma.*

—*Tampoco lo fuimos* —*dijo otra, con voz triste*—. *Solo fuimos guardianas. Hasta que olvidaron nuestros nombres.*

—*¿Y si no quiero continuar?*

Las figuras no respondieron. Solo se desvanecieron una a una… excepto una. Kaelyn.

—*Puedes elegir no luchar* —*dijo la primera cazadora*—. *Pero si lo haces, otros morirán en tu lugar. Como murió tu madre. Como morirá tu padre.*

Rebeca sintió un ardor en el pecho. El ídolo latía. Kaelyn se acercó y le tocó el corazón.

—*No eres la cazadora porque lo desees. Lo eres… porque nadie más puede sostener el peso.*

★★★★★

Despertó sobresaltada. Jadeando.

Yo estaba a su lado. Le tomé la mano, esperando verla débil. Pero sus ojos ya no eran los mismos. Ni asustados, ni confusos. Había en ellos una llama serena, silenciosa. Determinada.

—Papá… —dijo—, necesito el ídolo.

—¿Estás segura?

—Sí.

Álex se acercó. Le entregó la caja.

Rebeca la abrió sin dudar. Tomó la figura de obsidiana. Y al hacerlo, una onda silenciosa barrió el interior de la ermita. Las velas apagadas se encendieron. Las paredes vibraron. Y la marca en su muñeca se convirtió en un anillo de fuego blanco.

James retrocedió un paso. Yo contuve la respiración.

Rebeca se puso de pie.

—Ya no huiremos más.

Álex sonrió por primera vez en días.

—Entonces, prepárate. Porque ahora… ellos vendrán por ti.

13

El fuego y la sombra

La noche había caído como una losa. La ermita estaba en silencio, iluminada solo por el fuego tenue del altar. Rebeca, sentada sobre una piedra, sostenía la figura de obsidiana entre sus manos. Sus ojos, cerrados, brillaban bajo los párpados como si algo en su interior estuviera formándose o recordando.

James se paseaba cerca de la puerta, inquieto. Álex revisaba sus armas con precisión de relojero.

Yo apenas podía respirar.

Y entonces… ocurrió.

Un aullido. Pero no uno natural. No un lobo.

Era una llamada. Grave, rota, como metal arrastrado por piedra.

—¡Están aquí! —gritó Álex, ya con el rifle en mano.

Las velas comenzaron a parpadear. El fuego del altar se apagó de golpe. El aire se volvió espeso, con olor a ceniza y hierro oxidado.

Rebeca se puso de pie.

—Vienen por la caja —dijo con voz serena—. Por lo que hay en ella… y por lo que hay en mí.

Se oyeron fuertes golpes. Cuatro. Seis. Nueve. Todos en diferentes muros.

—Nos rodean —dijo James—. No tenemos por dónde escapar.

Una garra atravesó la ventana. Luego otra, sonaron gritos guturales, cercanos.

El muro del fondo comenzó a resquebrajarse.

Álex disparó.

El proyectil atravesó la pared y algo cayó con un gemido seco. Pero no se detuvieron.

—¡Rebeca, escóndete! —grité.

Pero ella no se movió.

—No. Ya no —dijo con autoridad.

Abrió la caja.

La figura flotó. Y esta vez, fue distinta. No solo brillaba… sus ojos se abrieron. Dos puntos blancos en la piedra negra. Un símbolo antiguo ardía en su frente: una espiral devorando a otra.

Las sombras irrumpieron en tropel.

Eran humanoides, pero deformes. Sus rostros cubiertos por máscaras de hueso. Sus cuerpos delgados y alargados, como si se hubieran estirado bajo la tierra. No caminaban… se deslizaban.

Álex disparó de nuevo. Uno cayó. Otro se incendió. Pero más seguían entrando.

James bloqueó la puerta con un banco. Gritaba órdenes. Pero era inútil.

Uno de los seres se abalanzó hacia Rebeca.

Y, entonces, ella alzó la mano.

El ser se detuvo en seco. Levantado en el aire por una fuerza invisible. Se retorció, chilló como si lo quemaran desde dentro… y explotó en ceniza.

Todos nos quedamos paralizados.

Rebeca respiraba con dificultad, pero no apartaba la mirada. Se acercó al fuego apagado del altar y lo encendió solo con un gesto.

Las criaturas retrocedieron.

—Ella los controla —murmuró James—. No los mata…, los domina.

—Aún no —dijo Álex—, pero casi.

Los enemigos comenzaron a retirarse, arrastrándose hacia la oscuridad. Uno de ellos se volvió antes de desaparecer y le habló directamente a Rebeca, con voz hueca:

—Tu luz nos hiere… pero también nos llama. Cuando el tercer sello caiga, tú ya no sabrás quién eres.

Rebeca no respondió. Solo cerró la caja.

Se hizo el silencio.

Solo humo y cenizas quedaban en el interior de la ermita. El altar volvía a arder lentamente.

James se dejó caer contra la pared, temblando. Álex bajó el arma, sin dejar de mirar a Rebeca.

Yo me acerqué a mi hija. Ella estaba de pie, firme, pero con lágrimas corriendo por sus mejillas.

—¿Estás bien?

—No lo sé —dijo.

—Lo que hiciste… —intenté decir.

—No fui solo yo —susurró—. Fue… lo que hay dentro de mí. No me controla aún… pero lo siento cada vez más cerca.

Álex se aproximó.

—Acabas de hacer lo que ninguna cazadora había logrado en generaciones. Salvarnos. Sin morir.

—¿Y eso me hace fuerte? —preguntó Rebeca, secándose las lágrimas—. ¿O peligrosa?

Nadie respondió.

Solo el silencio. El mismo silencio que el lago había dejado atrás.

Pero en lo profundo del bosque, algo aullaba.

Y esta vez… Rebeca respondió.

14

La grieta del juramento

Dos días después del ataque a la ermita, dejamos atrás el bosque gris y nos internamos en tierras más áridas, más viejas. Álex decía que el tercer sello se hallaba en un desfiladero maldito, una grieta natural conocida por los viejos del lugar como la Garganta de los Juramentos Rotos.

—Antiguamente fue un sitio de encuentro entre las primeras cazadoras y los hombres-bestia —explicó mientras atravesábamos un valle cubierto de rocas negras—. Allí se selló un pacto... y allí también se traicionó.

—¿Qué tipo de pacto? —preguntó James.

—Uno para mantener a la Sombra dormida —respondió Álex—. Uno que las generaciones posteriores olvidaron... hasta ahora.

Rebeca caminaba en silencio, con la caja en la espalda. Desde el enfrentamiento en la ermita, había cambiado. No solo en poder, sino en presencia. A veces, cuando la observaba de perfil, me costaba reconocer en ella a mi hija. Y, sin embargo, también era más ella que nunca.

Cuando llegamos al borde de la grieta, el viento se detuvo. La tierra parecía suspirar.

La hendidura se abría como una herida en la montaña: una cicatriz de roca viva que descendía hacia la oscuridad. A sus lados, enormes piedras planas con símbolos tallados. Muchos estaban rotos. Algunos, invertidos.

—Alguien ha estado aquí antes que nosotros —dijo Álex, con tono grave.

Rebeca se arrodilló frente a una de las piedras. Apoyó la palma sobre ella. El símbolo brilló levemente… y una imagen llenó su mente.

La visión fue brutal.

Una figura encapuchada ofrecía un cuchillo a una mujer de ojos blancos. A sus espaldas, un ejército de sombras. La cazadora se negaba. El encapuchado alzaba su brazo… y lo que fue un pacto se volvía traición.

Una voz surgía desde el abismo.

—Sellaste con tu sangre lo que no podías vencer con tu alma.

Y la tierra se abría.

Rebeca cayó hacia atrás, jadeando.

—¿Qué viste? —le pregunté, sosteniéndola.

—El tercer sello fue… roto antes. Sellado de nuevo con sangre humana. No con poder… sino con sacrificio.

Álex maldijo en voz baja.

—Eso significa que esta vez no basta con cerrar la caja. Alguien tendrá que hacer la ofrenda otra vez.

James la miró con espanto.

—¿Te refieres a un sacrificio real?

Álex no respondió.

Rebeca se incorporó.

—No lo permitiré.

—No depende solo de ti —dijo Álex, con firmeza—. Esta grieta… es más profunda de lo que parece. Y no todos los que entran… salen igual.

Sin más palabras, comenzamos el descenso. La oscuridad nos envolvió como una tumba.

Pasamos horas entre rocas resbaladizas y grietas angostas. La temperatura descendía, pero el suelo ardía bajo nuestros pies. Como si algo dormido estuviera respirando debajo.

Entonces lo encontramos.

Era una caverna circular, oculta en el corazón de la grieta. En su centro, sobre un pedestal de mármol manchado, se hallaba la tercera caja.

Pero esta era distinta. No flotaba. Estaba encadenada. Y a su alrededor, estaba repleta de huesos humanos.

—Esto es una advertencia —dijo James.

—No —dijo Rebeca, dando un paso al frente—. Es un recuerdo.

Cuando se acercó, las cadenas se tensaron y un alarido surgió del aire. Una figura surgió de la piedra misma: era una mujer vieja, vestida con harapos y con ojos de fuego apagado.

—¿Quién osa venir a la grieta maldita? —preguntó.

Rebeca no titubeó.

—Soy la heredera de Kaelyn. Vengo a sellar lo que sangra.

La anciana rio.

—El sello ya sangró. ¿Quién sangrará ahora?

Álex levantó su arma. James dio un paso atrás. Yo no podía moverme.

Pero Rebeca, con la caja aún a la espalda, dio un paso más hacia la figura.

—Yo decidiré. Pero antes… dime qué custodia esta caja. ¿Qué criatura? ¿Qué sombra?

La anciana la miró con respeto… y miedo.

—La que nunca se nombró. La que ni Kaelyn pudo mirar. La que no busca el mundo… sino la forma de vaciarlo.

Rebeca respiró hondo.

Y alzó la mano. El aire tembló. Las cadenas se rompieron una a una. La caja se alzó.

Y el tercer sello… comenzó a despertar.

15

La batalla sin cuerpo

El tercer sello flotaba en el aire.

Las cadenas que lo habían atado durante siglos se desintegraban lentamente, convirtiéndose en polvo luminoso que ascendía hacia la oscuridad del techo cavernoso. Rebeca permanecía quieta, el brazo extendido, los ojos fijos en la caja.

La anciana espectral que custodiaba el lugar dio un paso atrás.

—Ahora lo sabrás —dijo—. No lo que hay en la caja… sino lo que hay en ti.

Una ráfaga de viento surgió del pedestal, pero no era aire. Era un arrastre de memoria, un oleaje de gritos antiguos, de oraciones rotas, de nombres olvidados. Rebeca se tambaleó, pero no cayó. Su cuerpo estaba aquí, en la caverna. Pero su mente ya no.

Abrió los ojos en un lugar sin forma.

No había suelo ni cielo. Solo un espacio inmenso, oscuro, lleno de ecos que no tenían dueño. Frente a ella, emergió una figura hecha de sombra líquida, más alta que cualquier hombre, con un rostro que cambiaba constantemente: su madre, Kaelyn, su padre, ella misma… y, finalmente, nadie.

—Al fin nos miramos —dijo la voz.

No salió de una boca. Salió de dentro.

—¿Qué eres? —preguntó Rebeca.

—La suma de todo lo que fue negado. La oscuridad que protegieron… con luz prestada.

—No tienes nombre —afirmó ella.

—Porque quien me nombra, me despierta. Y tú ya me has soñado.

La figura se acercó. No caminaba, flotaba, serpenteaba entre dimensiones invisibles. A cada paso, Rebeca sentía un peso sobre su alma.

—Viniste a sellarme. Como Kaelyn. Como las demás. Pero no sabes aún lo que eso exige.

—No te temo —dijo Rebeca.

—No deberías. Porque somos la misma cosa. Tú naciste con la grieta abierta. Cada noche, has soñado conmigo. Y cada vez que lloraste… yo crecí.

Rebeca temblaba.

La sombra alzó su brazo. Su forma empezó a tomar consistencia: dientes, garras, alas… no físicas, sino simbólicas, como una pesadilla encarnada en recuerdo.

—Dame tu nombre —dijo la sombra—. Y no tendrás que luchar nunca más.

Rebeca apretó los puños.

—No. Mi nombre me pertenece.

La sombra gritó. Y el espacio entero tembló.

La oscuridad cayó sobre ella como una marea. Todo se volvió negro. Las voces la arañaban. Las dudas la desgarraban.

«¿Quién eres? ¿Por qué luchas? ¿Qué sentido tiene cargar un linaje que solo sabe sufrir?».

Pero entonces, en lo más profundo, Rebeca escuchó otra voz. Una suave y a la vez cálida.

La de su madre.

«Recuérdame… cuando el miedo te llame por otro nombre».

Y Rebeca gritó.

—¡Soy Rebeca! ¡Hija de Marta! ¡Herencia de Kaelyn! ¡Soy la luz que conoce su sombra!

Ese mundo se rompió. La sombra retrocedió, gritando sin boca. Y Rebeca, desde el centro de su alma, alzó la mano… y la selló.

Volvió en sí, jadeando y arrodillada en el centro de la caverna.

Álex, James y yo corrimos hacia ella. La caja flotaba de nuevo, cerrada, y sellada por una nueva runa que ardía como fuego blanco.

—¿Lo hiciste? —susurró Álex.

Rebeca asintió.

—La encerré… pero no para siempre. Quería poseerme. Quería mi nombre. Pero ahora sabe que tengo algo que ella no puede tener.

—¿Qué?

—Voluntad.

Se puso de pie.

—Y si quiere mi mundo… tendrá que venir por él despierta.

16

El que camina sin sombra

Habían pasado dos días desde la batalla en la caverna del tercer sello. El grupo acampaba al pie de una colina desnuda, bajo un cielo sin luna. Las cajas —una en cada mochila— parecían más pesadas que nunca. No por su tamaño, sino por lo que llevaban dentro. El fuego apenas se sostenía, como si también él estuviera cansado.

Rebeca no dormía. Sentada en silencio, observaba las brasas consumirse, el rostro estaba marcado por la lucha interior. Álex no dejaba de vigilar los alrededores. James hablaba poco. Y yo… solo pensaba en cuánto habíamos cambiado desde la noche en la cabaña, cuando los lobos eran lo peor que conocíamos.

Fue entonces cuando lo vimos.

Una figura descendía de la colina. Alta. Cubierta por un manto oscuro, sin capucha, pero con el rostro invisible. No por sombras… sino porque no tenía ninguno. Donde debía haber una cara, solo había una superficie lisa, sin ojos, sin boca. Y sin sombra detrás.

Álex apuntó su arma.

—¡No te acerques!

Pero el extraño no se detuvo.

—No es enemigo —dijo Rebeca, sin apartar la vista—. Pero tampoco es humano.

La figura se detuvo al borde del fuego. Su voz surgió directamente en nuestras mentes. Fría, profunda, neutra.

«Tres sellos abiertos. Tres puertas temblando. El equilibrio ya no existe. Y vosotros aún camináis como si el tiempo os perteneciera».

Álex no bajó el arma.

—¿Quién eres?

«Soy el que camina sin sombra. Fui llamado cuando Kaelyn rompió el primer pacto. He caminado entre los siglos. He visto la Sombra nacer… y crecer».

James dio un paso adelante.

—¿Qué quieres?

«Ofrecer una salida».

Todos lo miramos. Él levantó lentamente una mano, y de su palma emergió un brillo blanco.

«Las cajas no deben sellarse. Deben destruirse. Solo así la Sombra será devuelta a la nada».

Un silencio se extendió entre nosotros.

—¿Destruirlas? —preguntó Álex, como si no creyera lo que oía—. Eso liberaría lo que contienen.

«No si se hace como debe hacerse. Con el fuego que no arde, con el nombre que no se dice. Yo tengo ambos».

Rebeca se puso en pie. La figura la miró —o eso sentimos— y el aire pareció congelarse.

—¿Por qué ahora? ¿Por qué tú?

«Porque tú estás completa. Porque la cazadora ya no es un recipiente, sino una elección. Y porque si abres un cuarto sello... no quedará mundo que sellar».

James cruzó los brazos, escéptico.

—¿Y cuál es el precio?

La figura inclinó apenas la cabeza.

«Uno de vosotros debe entregarse. No como sacrificio... sino como vaso. Uno deberá contener el resto del poder al destruir las cajas. Y no todos sobreviven a eso».

El grupo cayó en silencio.

Rebeca dio un paso adelante.

—¿Y si me niego?

«Entonces correréis. Y sellaréis. Y huiréis. Hasta que la Sombra despierte del todo. Y el mundo olvide su nombre... contigo dentro».

El fuego parpadeó.

La figura dio un paso atrás.

«Os veré en el Umbral. Donde el silencio grita. Donde decidiréis si salvar el mundo... o simplemente postergarlo».

Y desapareció entre las sombras sin dejar rastro. Ni paso. Ni olor. Ni sombra.

Solo un temblor leve en la caja de Rebeca. Como si algo dentro… hubiera escuchado todo.

La mañana siguiente fue gris, sin canto de aves, sin brisa, sin señales de que el mundo seguía latiendo.

Habíamos tomado la decisión. No huir. No sellar de nuevo. No postergar. Sino avanzar. Hacia el Umbral.

Un nombre que nadie conocía del todo, pero que resonaba en las historias del linaje de Kaelyn como el lugar donde comenzó la fractura.

El que camina sin sombra nos había advertido: allí podríamos destruir las cajas. O caer en la tentativa.

Álex trazó el rumbo en un mapa antiguo, dibujado con símbolos más que con caminos.

—Está al sur, entre las grietas negras del Valle de Hesser. Pero no está en este plano —dijo—. El Umbral está entre dos mundos. Solo puede encontrarse cuando las tres cajas están juntas… y listas.

—¿Listas para qué? —preguntó James.

Álex no respondió. Pero Rebeca sí.

—Para elegir si se abren… o se deshacen.

★★★★★

El viaje fue más difícil que cualquier otro.

Las tres cajas, ahora alineadas en una tela sagrada dentro de la mochila de Álex, parecían pulsar con un ritmo común. Por las noches, susurros llenaban el campamento. A veces en lenguas antiguas, a veces con nuestras propias voces hablándonos desde el otro lado de los sueños.

Yo vi a mi esposa en uno de esos susurros. Me decía que no me quedaba mucho tiempo con Rebeca.

James comenzó a tener pesadillas. Gritaba dormido. A veces despertaba con la piel cubierta de escarcha.

Álex apenas dormía. Vigilaba. Escribía en un cuaderno pequeño. Como si supiera que el final estaba cerca.

Pero Rebeca era la que más cambiaba.

Cada día se volvía más… transparente. Como si la luz pasara a través de ella. Como si estuviera sosteniendo tres mundos distintos al mismo tiempo: el nuestro, el que guarda la Sombra… y uno que aún no comprendíamos.

Una noche, cuando el cielo parecía no tener estrellas, Rebeca me despertó.

—Papá —dijo—. Ya casi llegamos.

—¿Lo sabes?

—Lo siento. En la tierra. En la sangre. En la respiración del mundo.

Salimos de la tienda. La tierra a nuestro alrededor se había agrietado. En el horizonte, un punto oscuro brillaba como una herida abierta. No era una montaña. No era un cráter.

Era el Umbral.

17

Rumbo al Umbral

Al día siguiente, llegamos al borde.

Un acantilado inmenso descendía hacia un abismo envuelto en neblina negra. En el centro, un puente de piedra se extendía hacia una puerta sin marco. Una abertura en el aire, flotante, formada por energía. Y más allá… no había nada.

Ni cielo.

Ni suelo.

Solo oscuridad viva.

Las cajas comenzaron a vibrar al unísono.

—Este es el lugar —dijo Álex—. Pero no es un lugar para todos.

La figura sin rostro apareció a nuestra derecha, sin ruido alguno.

«Del otro lado, el tiempo no obedece. Ni la muerte. Solo la intención. Solo el Nombre».

Rebeca asintió.

—Entraré sola.

—¡No! —le dije, tomándola de la mano—. No puedes…

—Papá, si entras… te perderás. No como cuerpo. Como tú. Pero yo… yo ya soy parte de esto.

Álex se acercó y le dio la mochila con las cajas.

—Haz lo que nadie antes se atrevió a hacer.

James solo le tocó el hombro. No dijo nada.

Rebeca me miró por última vez.

—Pase lo que pase… recuerda quién soy. No lo que fui.

Y cruzó el puente. La puerta se abrió. Y la oscuridad la aceptó

18

El nombre verdadero

Cuando Rebeca atravesó la puerta del Umbral, no sintió vértigo.

Sintió vacío.

Como si todo lo que era —su cuerpo, su voz, sus recuerdos— hubiera quedado suspendido, disuelto en una atmósfera sin forma. No había arriba ni abajo, ni suelo ni cielo. Solo un infinito líquido y oscuro, donde pensamientos flotaban como estrellas muertas. Y, sin embargo, ella seguía siendo Rebeca. O, al menos, lo intentaba.

A su alrededor, comenzaron a surgir fragmentos de tiempo. Una mano extendida. Su madre riendo en la cocina. El lobo con los ojos blancos. La figura de Kaelyn sangrando sobre un sello. Ella misma, con ojos oscuros, destruyendo un mundo con un simple parpadeo.

—Esto es lo que temes —dijo una voz.

Y entonces la vio, era La Sombra. No como antes. No como una criatura. No como una amenaza externa.

Era un espejo. Y en él estaba Rebeca. No la niña. No la cazadora. Sino la versión que se rindió.

Ojos huecos. Boca sin palabras. Las tres cajas en sus manos, abiertas. El mundo tras ella, reducido a polvo flotante.

—Soy lo que puedes llegar a ser —dijo su reflejo.

—No lo seré —respondió Rebeca.

—¿Por qué no? Ya me dejaste entrar. Ya dijiste mi nombre… en sueños. Ya me sentiste en la sangre.

—Pero no soy tú.

—¿Estás segura?

El reflejo sonrió.

Y, en ese instante, las cajas comenzaron a abrirse.

No con fuerza. No con violencia. Sino con deseo.

De cada una emergía una figura.

De la primera, un lobo blanco, herido, que la observaba con tristeza.

De la segunda, una mujer encadenada, sin rostro, que lloraba fuego.

De la tercera, una niña sin sombra, sentada en silencio, con el rostro cubierto por la máscara de hueso.

Todas la miraban.

—Cada sello guarda parte de mí —dijo la Sombra—. Y parte de ti. No soy el fin. Soy el reflejo de tu elección.

Rebeca sintió el dolor recorrerle el pecho. Cada figura era un fragmento de su alma. Cada caja, una parte que había sellado: su miedo, su rabia, su culpa.

—¿Qué haces ahora, cazadora? —preguntó la Sombra—. ¿Me destruyes… y destruyes todo lo que niegas de ti misma? ¿O me aceptas… y tomas mi forma?

Rebeca cayó de rodillas.

Lloró. No como la cazadora. No como la elegida, sino como la niña.

Recordó a su madre. Recordó la nieve. Recordó el primer lobo, los ojos de Álex, la calma de James. Recordó las pesadillas. El nombre que nunca pronunció. Su propio nombre.

Y entonces se puso de pie.

—No voy a destruirte —dijo, mirando a la Sombra—. Ni a encerrarte.

—¿Entonces qué? —preguntó el reflejo, temerosa por primera vez.

Rebeca alzó las manos. Las tres cajas flotaron frente a ella.

—Voy a liberarme de ti. Y eso te disolverá.

Un símbolo comenzó a formarse en el aire: un círculo quebrado, atravesado por un hilo de luz. Era el nombre de Kaelyn. El verdadero. El primero. Y con él, Rebeca escribió su propio nombre sobre las tres cajas, fusionándolas… y despidiéndolas.

«No te niego. Pero ya no te llevo».

La Sombra gritó.

Y el Umbral estalló en luz.

★★★★★

Cuando Álex, James y yo la vimos salir de la puerta, no sabíamos quién era.

La reconocimos por los ojos.

Pero ya no llevaba caja alguna.

Solo una cicatriz en forma de luna en el pecho... y una paz que ningún otro cazador había traído de regreso.

—¿Y la Sombra? —preguntó Álex, con voz entrecortada.

Rebeca sonrió.

—Sigue existiendo.

—¿Dónde?

—En el lugar donde dejamos todo lo que no nos define.

James dio un paso atrás.

—¿Ganaste?

Rebeca miró el cielo. Por primera vez en días, había estrellas.

—No se trataba de ganar. Se trataba de elegir.

Y, al fin, la abracé.

Epílogo

El aullido que nadie escucha

Pasaron tres años. La vida volvió a los valles. El bosque floreció y las noches recuperaron su silencio natural. Rebeca y yo nos asentamos en una pequeña aldea al pie de las montañas. James regresó a su antigua vida de escalador, aunque aún mantenía correspondencia. Álex… simplemente desapareció. Como si, una vez cumplida su misión, hubiese vuelto al lugar del que resurgió.

Rebeca creció en paz. Iba a la escuela, cuidaba un pequeño huerto, reía con otras niñas. A veces, cuando creía que no la observaba, se sentaba frente al fuego con los ojos cerrados… en silencio absoluto.

Nunca más volvió a hablar de los sellos. Hasta aquella noche.

La luna estaba alta. La nieve había empezado a caer con delicadeza sobre el tejado. Yo me levanté al oír ruidos suaves desde su cuarto. La puerta estaba entreabierta.

Ella estaba de pie frente a la ventana, en pijama, con la mirada fija en el bosque.

—¿Rebeca? ¿Todo bien?

No respondió al principio.

—¿Recuerdas el lago? —preguntó, sin girarse.

—¿Cuál?

—El Silencioso.

Sentí un escalofrío.

—Sí.

—He vuelto a soñar con él. Pero no como antes. Esta vez… no está vacío.

Me acerqué lentamente. Ella no se movía. Su respiración era tranquila.

—¿Qué has visto?

—Una niña —respondió, con voz calmada—. Sentada junto al agua. Con los pies descalzos y una caja entre las manos.

Me detuve.

—¿Qué caja?

Rebeca se giró lentamente. Su rostro era el de siempre. Pero sus ojos… eran completamente negros.

—No era mía —susurró—. Aún no.

Y entonces, desde el bosque nevado, se escuchó un aullido.

Pero no era de lobo.

Era algo nuevo.

Algo que acababa de nacer.

Índice

Prólogo 11
Introducción 13

1. La cazadora 15
2. El bosque tenebroso 22
3. La gruta 28
4. Ecos en la espesura 31
5. La herencia oculta 35
6. Sangre de la primera luna 39
7. El regreso del fuego 42
8. El rostro del espía 46
9. La voz detrás de los sueños 50
10. Aguas que no devuelven el eco 54
11. Lo que viene del agua 59
12. El eco bajo las piedras 63
13. El fuego y la sombra 67
14. La grieta del juramento 71
15. La batalla sin cuerpo 75
16. El que camina sin sombra 79
17. Rumbo al Umbral 84
18. El nombre verdadero 86
Epílogo. El aullido que nadie escucha 91